U0918788

Richard Andrieux

JOSÉ

约瑟的房间

美绘插图本

[法国]理查德·安德里厄 著
贾翊君 译

译林出版社

图书在版编目(CIP)数据

约瑟的房间 / （法）安德里厄著；贾翊君译. —南京：译林出版社，2013.10
ISBN 978-7-5447-4464-5

Ⅰ.①约… Ⅱ.①安… ②贾… Ⅲ.①长篇小说-法国-现代 Ⅳ.①I565.45

中国版本图书馆CIP数据核字（2013）第223113号

Cet ouvrage a bénéficié du soutien des Programmes d'aide à la publication de l'Institut français.
本书由法国对外文化教育局版权资助计划赞助出版。

书　　名　约瑟的房间
作　　者　［法国］安德里厄
译　　者　贾翊君
责任编辑　宋　旸
原文出版　Éditions Héloïse d'Ormesson, 2007
出版发行　凤凰出版传媒股份有限公司
　　　　　译林出版社
出版社地址　南京市湖南路1号A楼，邮编：210009
电子邮箱　yilin@yilin.com
出版社网址　http://www.yilin.com
经　　销　凤凰出版传媒股份有限公司
印　　刷　江苏凤凰通达印刷有限公司
开　　本　787毫米×1092毫米　1/32
印　　张　4.125
插　　页　2
字　　数　46千
版　　次　2013年10月第1版　2013年10月第1次印刷
书　　号　ISBN 978-7-5447-4464-5
定　　价　18.00元
　　　　　译林版图书若有印装错误可向出版社调换
　　　　　（电话：025-83658316）

献给薇若妮珂

世界属于我们。只需想象一切皆有可能，
此处或他方亦如是……

第一章

chapter One

在他的世界里，他的朋友与他的故事都只属于他自己，这一切他都不与任何人分享，他把这一切保护得好好的。

他的冒险仅存于内心，而他的内心里也只有冒险。

“太太，我该怎么跟您解释呢？我想可能是您儿子的潜意识在作祟，如果一定要说出个所以然……这么说吧，如果我是您，我不会太过担忧；请您相信我，他这种状况会过去的。您要知道，我在我另一位病人的女儿身上看过类似的症状；那个小女孩发明了一些超现实的词汇；她把元音混在一起，还认为月亮有颗心脏。然后，大概过了两年还是两年半，一切都恢复了原状！她忘掉了那些奇奇怪怪的词汇，a

就好好地念成a，月亮就还是月亮……总之就是我们都知道的那种月亮。所以您不要再担心了。再见，太太。”

“医生，您说得没错。谢谢您来这一趟。”

把伍尔兹医生送到公寓门口后，布雷兹太太回到厨房。约瑟看着他的母亲。心想，这个人就是他的母亲。他有时候会这样望着她。

“这盏灯叫什么？”她问他。

“哎呦，妈，我已经跟你说过一百次了！”

“好好好，我知道啦，可是请你再告诉我一次吧。”

“好吧，不过这是最后一次了！它叫做‘柠檬’。”

“柠檬？约瑟啊，可是你很清楚柠檬不是蓝色而是黄色的。”

“妈妈，我已经受够一再跟你重复说一样的事情啦！如果这盏灯是黄色的，我就会叫它‘大海’，以免跟太阳搞混！这道理很简单不是吗？”

“对对对，这是当然，我的天使，你说得有理，请原谅我。”

布雷兹太太带着与昨天一样的不解，定定地望着她的孩子。但既然医师说这个状况会过去，那她何不就这么相信呢？毕竟他是这个住宅区里最好的医生。只是在这天傍晚，什么也无法让她感到安心。

约瑟已经九岁了。这几个月来，他重新发明周围的一切。他的乐趣就是不把身边的东西套入别人所看到的模样。别人有属于他们的欢乐、属于他们的痛苦，或属于他们的小小故事，而他才不在乎这些呢。

只要可以，他尽可能独处。在学校的下课时间里，他总是远离人群，独自坐在一张被他命名为“勇气”的长椅上，然后闭上眼睛。这种感觉很好。

某天，吕克问他，为什么他从来不跟他们一起踢足球。

“不知道。我不想玩，而且我对这个游戏一窍

不通。”

吕克开始解释足球的规则给他听，但是约瑟却突然阻止他继续讲：

“这个游戏让我觉得无趣,你也让我觉得无趣!”

之后,吕克就再也没跟他说过话了。

约瑟不想欠别人任何东西。对于在九岁的年纪就拥有属于自己的世界，他感到很骄傲。这个世界没有人能够进入,甚至连他母亲也一样。

某天中午,在学生餐厅,约瑟独自一人坐在一张桌子前吃饭,安妮过来找他说话：

“你好啊,你叫什么名字?”

“我叫约瑟。但其实不是我愿意要叫约瑟，是人家要这么叫我。”

“为什么?你不喜欢吗?约瑟这名字很好听啊!那你想要人家怎么叫你?”

“我希望人家不要叫我。”约瑟无情地回答。

安妮转身离去，她不太明白她刚刚听到的那些话。而约瑟则笑了起来。

几个月后,学校里再也没多少人对他感兴趣了。

在课堂上,他不好好听课,把课堂上的东西都当做耳边风,连老师也拿他没办法。他只付出最低限度的努力,让自己不会挨妈妈的骂。

约瑟从来没见过他的父亲。贝纳·布雷兹在三十二岁时就因为动脉瘤破裂而猝死,约瑟当时只有一个半月大。对他而言,父亲仅仅是放在客厅餐柜上的一张照片,就在那台电视机旁边,而约瑟从来不看电视,一如他从来不看那张照片。

从前,布雷兹太太常跟他说起他的父亲。她告诉他,父亲在他出生时有多么爱他,甚至在他出生前就已经很爱他。她的说词千篇一律:

“你知道吗?你的父亲是个好人,他这辈子都辛苦地工作着;厨房的家具就是他亲手做的喔!每星期六下午,你爸爸会到咖啡厅去玩撞球。约瑟,你知

道吗，他真的很厉害，厉害到这一带从来没有人能够打败他！”

对于这个她理性地爱过、也让她生下这仅有的孩子的男人，他一生中所有的细节艾莲娜都没有忘记。而约瑟总是乖巧地聆听着妈妈对他说的话，没有其他反应。

后来，她不再对他说起他的父亲了，因为她发现约瑟对这些回忆不太感兴趣。对他而言，这个男人不代表任何意义。他从没有机会认识他，所以又为什么要对一个陌生人感兴趣？尽管，这个陌生人是他的父亲。

约瑟将和他的母亲一起成长。这对他来说已经足够了。

在他房里有一张床，他叫它“旅行”。那张有三个绿色抽屉的小书桌，则是“橡树”，命名的原因来自桌上那一张张乱七八糟的纸张。房间里还有一个没有名字的塑料衣橱；他并不喜欢它的颜色。而那个装满了他从来没读过的书籍的小书柜，他为它取名叫“战役”。当他不在家的时候，他的母亲很喜欢在那里消磨时间。

她的儿子过七岁生日时，她送给他一本《小王子》。

约瑟一边说着谢谢，一边把书放在“战役”上，但他心里知道，这本书他连一行也不会去读。

他的房间有一点乱，但不算太乱，有一点小，但也不算太小；总之，这都无所谓，他有那么多东西可以想象。

躺在“旅行”上，约瑟相信天花板正看着他，而且在对他微笑。最重要的是天花板“云朵”不可能忽略他。首先，约瑟没有做过任何伤害它的事；再来，他们两个这样彼此对望着已经很久了，所以他们只能当朋友。

某个星期天，他母亲想要重新粉刷整个房间，约

瑟马上就生气了。他尖叫着要求她不可以重漆任何东西，尤其不可以重漆“云朵”。墙壁就算了，约瑟跟它还没太多话可说，在他的想象里，它们没有耳朵。可是天花板就不行！如果想用刷子漆去他朋友的微笑，想都别想！

面对她儿子的愤怒，艾莲娜放弃了。最后，她重新粉刷成天蓝色的部分是走廊；而约瑟不在乎走廊，他只是偶尔经过那里。

在房间里还有其他的朋友，像那支长长的烛台，约瑟叫它“上校”。它有时候会在晚上吃过晚饭后跟他说话。约瑟会点燃蜡烛，关掉其他的光源，盘腿坐在他的朋友脚边。

“‘上校’，我在这里等着听您说话，要是您没有什么话要告诉我，那也没关系，就由我来进行交谈！”

约瑟高声说着，但他的声音也不算太大。他不想让在客厅看电视的母亲听见说话声。

不过，某天晚上她还是在走廊上听见了约瑟跟“上校”说话的声音。

“约瑟！都这个时候了，你还在跟谁说话啊？”她对他喊。

“妈妈，没跟谁啊，我在大声复习功课，这样才能记得更清楚！”

“我的好孩子，这样很好，那我就让你自己用功！”

那是两年前的事了。那天，她听到她儿子在跟冰箱说话。

“我知道你从来都感觉不到暖和，可怜的小‘企鹅’，以后我一定会带你到非洲沙漠去！”

他一边对着冰箱说话，一边抚摸着冰箱门。她不太懂他在做什么。

几个星期后，她出其不意地在浴室逮到他。约瑟正在对镜子说话。

“你好，人家都叫我约瑟！你呢，你叫什么名字？如果你不想把名字告诉我也没关系，反正不管怎样，我都会帮你取个名字！嗯……‘电影’！这个名字你喜欢吗？‘电影’？喂，你有听到我说的话吗？好吧，要是你听不见就算了，我就这样自言自语好了！”

待在半开的浴室门后面，艾莲娜看见她儿子用手臂做着奇怪的动作。

“要是你觉得口渴，我可以给你一点水喝。你只要举起一只手就行了，就像这样！啊……你应该觉得口渴了，‘电影’！”

约瑟打开水龙头，把他的小手放在冷水下，然后对着镜子洒水。之后，他笑了起来，仿佛他没有别的选择，只能哈哈笑。

望着她儿子镜中模糊的倒影，艾莲娜第一次这么想：也许，他的脑子真的生病了。这个想法让她哭了出来，但约瑟什么也没发现。

在他房间里，有位“天使”，那是一匹马的照片。马儿侧身站着，在后面的背景中有一间森林小屋，四周围绕着几棵松树。他把照片挂在床的对面。

某晚，他正在跟“上校”热烈地讨论事情时，约瑟看见蜡烛突然熄灭了。在昏暗中，他转身面对马的照片说：

“‘天使’，你看，‘上校’今晚累了；幸好还有你在这里陪我。我很希望你可以偶尔去散个步，我知道你有办法做到！所以你就去吧！快动身！去转一圈！把别人告诉你的事情都忘掉，你不只是一匹照片中的马，我叫你‘天使’就是为了让你飞起来！所以现在就起飞吧！”

约瑟闭上眼睛，“天使”就飞了起来。当他再次睁开双眼，“天使”已经再度回到原来在照片上的位置。

“这就当成是我们之间的秘密，好不好？‘天使’，我们不要告诉任何人，不要告诉我妈妈，也不要

告诉其他的马儿。”

约瑟满十岁已经有一个星期了。艾莲娜听从伍尔兹医生的建议，每个星期三都会带她儿子到索雷尔女士那里。

在跟孩子会面之前，这位儿童精神科医师想先听听布雷兹太太的说法。于是艾莲娜跟她说了一些约瑟的奇怪举止，他总是自言自语，给东西取名字，还有他的沉默。

索雷尔女士要她别太心急，并且要多点耐心。

艾莲娜说好，然后向医师道谢。

艾莲娜很害怕。她已经看过约瑟亲吻烤面包机。她曾发现他躺在浴缸里，手里拿着一根蜡烛。昨天，他把冰箱的插头拔掉。而三天前，她听到他对衣帽架说：

“喂，‘旋转木马’，你告诉我，这一堆挂在你身上

的衣服会不会太重了？要是这情况让你觉得困扰，只要告诉我就行了，我会把衣服放进那个没有名字的衣橱里，如果这样可以解决你的问题，就跟我说！”

“他跟那些东西说话，他只跟那些东西说话……却什么话也不跟我说……为什么会这样？”

于是，她想起了从前。那时候为了让她高兴，他会告诉她那些新取的名字。但那是很久以前的事了。现在，约瑟再也不跟她分享这些，他总是待在自己的房间里，而她则待在电视机前。

自从丈夫过世后，艾莲娜养成了独处的习惯。然而，若要将这个男人的缺席与孩子带给她的沉默相比，似乎无法相提并论。

在餐桌上吃饭的时候，她直直地看着他。只要能让他对她有那么一丝一毫的兴趣，她什么都做得出来。

某个晚上，在吃晚饭的时候，她甚至自顾自地说

起话来。她期待着…… 期待得到一句善意的回应。但约瑟什么话也没说,他吃完饭,然后起身回房去。

现在,在属于她一人的孤独里,开始有了痛苦。

约瑟:

我写这封信给你,是因为我害怕当面跟你说某些事;你看我的样子就像我对你来说并不存在。我不知道我究竟做了什么坏事,让你不再跟我说话。我觉得你似乎在责怪我,但我甚至不知道你责怪我的原因是什么。是因为我每个星期都带你去索雷尔女士那里吗?我知道,去那里让你觉得很烦,关于这点,我很清楚地感觉到了。但那都是为了你好啊!即使你现在并不知道这一点,但我多么希望你可以相信我,要是你能告诉我你因为什么事责怪我的话,该有多好。这样就可以让我明白,什么事是我不该做的。可是你什么话都不跟我说,放学回来就直接走进房间,一句话也不跟我说,仿佛我是个陌生人。

约瑟，你知道吗，自从你父亲过世之后，我除了你之外就没有别人了，所以，如果你可以跟我多说一点点话，我会觉得比较不孤单。我知道你喜欢独处，我也想尊重你的喜好，但这对我来说有点困难。我多么希望你会想跟我一起做些什么；不一定是每天，只要偶尔就可以了。比如说，我们可以去看电影，虽然我知道你不喜欢电影；不然，如果你愿意，我们可以一起玩纸牌，或是去外面吃饭。我多希望你跟我在一起可以觉得很快乐。约瑟，你曾经对我说过，我是你最亲爱的妈咪，现在你为什么再也不跟我说这句话了呢？为什么当我稍微靠近你的时候，你要躲开？我知道你待在房间里时，有你自己的一套习惯，但我想，也许你可以跟我分享这些事啊。有时候我会听到你自言自语，你跟谁说话呢？我没有要骂你的意思，因为你的成绩，我知道你不是在大声背课文。我多么希望你可以跟我解释一下，到底是什么事情能让你感到快乐，就算你觉得我根本搞不懂也

没关系。拜托，请不要再认为我无法了解你，那不是真的。我是你的妈妈，关于孩子的事，妈妈是什么都可以了解的，就算是再不可思议的事也一样。以前，你跟我解释过你给那些东西取不同名字的原因，可是现在你却什么也不告诉我了。我有时候会猜想："我亲爱的约瑟会怎么称呼这样东西？还有那样东西？"拜托你，我的宝贝，我是你妈妈，不管是什么事情你都可以告诉我。

爱你的妈妈

艾莲娜把信放在她儿子的床上。这是她第一次向上帝祈祷，希望能得到回音。就算只是令人痛苦的回音也无所谓。

艾莲娜是一家成衣工厂的搬运工，这间工厂位于艾萨克的工业区里。她每天早上八点半才开始工

作,也因此让她有点时间送约瑟到学校。

她很喜欢自己的工作，也做得很习惯。她的工作是把长筒袜装进箱子里,动作永远都是一样的,不过她做得相当顺手。即使常常心不在焉，倒也没有影响她是一个好工人的事实。十五年来，从来没有人抱怨过她的表现。

在工厂里，有一个男人已经注意她很久了。他告诉过她他喜欢她,但她每次都拒绝了。

艾莲娜并不缺乏魅力。她三十五岁，深色头发，个子娇小,她的眼睛蕴藏着些许吸引人的、温柔的东西。在某些特定的日子里，她也可以像其他女人那样变得非常美丽。

自从她的丈夫过世后，就再也没看过她跟其他人交往了。没有任何一个陌生人能够跨过公寓的门坎，除了一位修理匠外，而且是在她电视机故障的那天。

艾莲娜从来没有想过要彻底改变自己的生活。而且，就算她改变，她的儿子到时会有什么反应？在这种情况下要改变实在是挺困难的。

现在，她所拥有的是约瑟，只有约瑟。至于其他人，那些爱情之类的事情早已经被她画上一个叉。

她的女性欲望早已被埋藏在内心深处，最好能全部遗忘。

艾莲娜在三个星期以前写的信还是没有回音。

约瑟和他的母亲分享的，只有晚餐时间的沉默。

没有一丁点征兆，没有一丝丝微笑。至少她要是能知道他是快乐的就好了。然而，他从来不曾透露出任何讯息，既没有欢乐，也没有痛苦。他是这么一个奇怪的孩子，难以理解，并且独来独往。

在他的世界里，他的朋友与他的故事都只属于他自己，这一切他都不与任何人分享，他把这一切保护得好好的。

他的冒险仅存于内心,而他的内心里也只有冒险。

约瑟交了一个新朋友, 那是一本令他爱不释手的字典。他最大的乐趣就是随意翻开一页, 把手指头指到某个字上 (而且是非常随意地一指), 然后用最快的速度改变这个字的原意。他只会在确定记住他发明的这个新字后, 才会把手指缩回来。这样一来,"昏暗"变成了"开口","书包"变成了"工具箱",而"瓢虫"则成为"小鸡"。然后, 他会用这些新字来造句, 他把他造的句子都记在一本藏在枕头下的笔记本上。

星期三下午五点,约瑟跟索雷尔女士有约,不过他既不会跟她提到那本字典,也不会说出其余的事。

他的母亲陪伴着他。在候诊室里有其他的孩子、其他的父母,但没有人互相交谈。

约瑟讨厌来这里。他对这个女人没什么好说的,他也不能忍受等待,但她却总是迟到。

索雷尔女士大约五十来岁，她在十四年前开设了这间诊所。她从来没有过孩子，她只是帮助别人的孩子。

但艾莲娜好羡慕,在那半个小时之中,有个陌生人得以分享她儿子的内心世界，这点让艾莲娜感到难过,不过她一点也没有表现出来。

迟到四十五分钟后,索雷尔女士终于出现了。

“太太,你好。约瑟,你好。请原谅我迟到了,不过我家里有点急事,你应该不会怪我吧,约瑟?”

“不会!”出于礼貌,约瑟这么回答。

“跟我来吧!”

“他们会聊些什么呢……他会跟她说话吗?”艾莲娜看着他们离开候诊室,在他们进行谈话时,她会待在这里。

“约瑟，我们今天要聊些什么？从我们第一次见面到现在，马上要满三个月了；我们终于可以试着做朋友了，你觉得怎么样？”

约瑟看着这间房间，他不喜欢这房间，因为墙上钉着很多图画。

“您知道吗，我有我自己的朋友，而我觉得这样就够了。”他回答。

“这些朋友对你非常重要，对不对？”

“是啊，但他们是我的朋友，不是您的朋友。”

“那无所谓，但我总可以好奇你的朋友是怎么样的吧？”

“是吗？可是我不希望您对我的朋友好奇，我有对您的朋友好奇过吗？我想您很清楚，我在这里是因为我妈妈逼我来这里，所以……”

“约瑟，告诉我，你爱妈咪吗？”

“这我也不知道，不过，如果要我爱她，她必须别再逼我来见您。”

在遇见他之前，她从来没有碰到过这个年龄的

男孩中有谁像他如此有自信。面对约瑟时她总会觉得有些许的不自在。而他也感受到了。

某天，她问他以后想要做什么。约瑟回答说他不想去想以后的事，不过，要是他必须得想的话，第一件事就是不要再来见她。当然，这个假设是建立在如果他真能选择的前提下。

索雷尔女士差点答不出话来，她只是说了句："好，约瑟，我了解了……"

之后，直到面谈时间结束，他们都没有再说话。最后，他们互道再见。

还有一次，她对他说：

"约瑟，你喜欢让别人觉得高兴吗？"

"嗯，喜欢，所以我不去烦任何人！"

接着他语带讽刺地补上一句：

"那您呢？"

"我当然喜欢啦，想让别人感到高兴是很正

常的！”

“那么，您认为您有让我觉得高兴吗？”

“这我就不知道了……我很希望我能让你高兴，约瑟……我只知道我对你很感兴趣。但我很清楚我们不需要永远都赞成对方的想法，不过如果是那样，也不是什么严重的事。你知道吗，重要的是要相互沟通！”

“好像是这样没错，那我们一定要相互沟通吗？”

“我们并不是一定要沟通，我们也可以不讲话。但如果不说些什么，我们两个都会有点无聊，你不觉得吗？”

“不会啊，我不觉得会无聊！但照您这么说，我们不是非得聊天不可了？”

“当然不是非聊不可，约瑟，没有什么事是非做不可的。”

他又说：

“这样讲的话，如果没有什么事是非做不可的，

那为什么我妈要强迫我来见您？”

“嗯，怎么说呢……就当成她觉得这样是为你好吧。”

“可是您刚才告诉我，我们不是非聊天不可，那要是我不想跟您说话，却又有人强迫我来见您，那我来这里到底要做什么？”

他再次抓住了她的语病……她没有别的答案，只能回答：“的确，这也是一种看事情的方法。”

跟约瑟在一起的时候，她常常觉得时间过得很慢，非常慢。

她甚至考虑过不要再见他了。为了她自己，也为了他。

艾莲娜觉得非常疲惫，伍尔兹医生已经来过了。他给她开了一张十五天的病假单和一些镇定剂，他问起约瑟的心理治疗进行得如何。艾莲娜不太晓得该怎么回答，然后她便哭了起来。

伍尔兹医生不断告诉她，不要放弃希望。

这天早上，她出其不意地逮到约瑟在厨房里跟一把刀子说话。

“你知道吗，刀子先生，我要给你取一个专属于我的名字！”

“约瑟，你拿着这把刀子做什么？请你马上放下！”

约瑟把刀子放在桌上，看都没看他母亲一眼，离开了厨房。

他现在很确定，他不爱她。

反正，他可以改天再给那把刀取名字，这事情没那么急。它并不是认识很久的朋友，他只跟它聊过一次，那次只是跟它讲到惹他生气的“上校”，如此而已。

第二天是星期天，不用上学。约瑟答应了冰箱“企鹅”，要带它去沙漠。约瑟把“天使”取下来，拿去

介绍给“企鹅”。假使它们两个处得来，他们就可以三个人一起出发前往撒哈拉沙漠。

“上校”惹约瑟生气已经有一段时间了。不管怎么跟它解释他的字典游戏，它还是一窍不通。约瑟觉得它好像是故意的，所以约瑟就找“旅行”来见证“上校”的不合作。

“‘旅行’，你看看，我跟‘上校’解释一个我发明的游戏，但我却觉得它根本就不想理我！‘上校’，我告诉你，你让我越来越生气了！要是你继续这样的话，我们就绝交，而且你知道你以后会变成怎样吗？会变成一根和别人没两样的蜡烛！如果您的名字是‘上校’，那也是因为我的关系，你不应该忘记这一点！”

约瑟看着似乎想跟他说话的书桌“橡树”。

“什么？‘橡树’，你怎么了？你觉得‘上校’是嫉妒‘天使’跟我一起出去玩？应该不会吧，你听到了吗，‘天使’？我不会是在做梦吧！喂，‘上校’，你总是跟我说你全世界每个角落都走遍了，你已经受够旅行了。你不要忘记了啊，真是的！好吧，我想来点新鲜空气应该会对你有帮助！”

约瑟打开窗户。他望着停车场，手上握着烛台。约瑟正想帮它（停车场）想名字。他想到的是“车库”。

“不，还是不要叫‘车库’！有了，我想到了！‘国王站’！‘上校’，你觉得如何？‘国王站’很好，对吧？”

约瑟自得其乐地计算着“国王站”上的车辆。“可是，为什么这辆‘国王’要走掉？这样一来我就必须全部重算了！哼，我不算了！”

他转身面向“天使”，闭上双眼：

“好了，来，‘天使’，我们跟‘上校’一起去晃晃吧？”

约瑟在学校的成绩糟透了。

艾莲娜过得也不太好。晚上，她开始坐在电视机前喝酒，处在属于她的孤独中，喝醉的感觉就像遇见老友，她喜欢这种感觉，她希望这个老友陪伴着

她，直到她进入梦乡。

伍尔兹医生晚餐后过来看她，是艾莲娜找他来的，因为她觉得身体不舒服。而他马上就发现她的状况不太对劲。医生严肃地训了她一顿，他跟她说镇定剂与酒精不可以混在一起服用。

“艾莲娜，你这是在拿你的健康开玩笑，我觉得这样很不妥，你一定要赶快振作起来！”

艾莲娜问他有没有小孩。

“有，我有两个儿子。小的那个跟你儿子的年纪差不多，所以我可以理解你的感受。但是我希望你答应我，不要再像这样子喝酒了。我再跟您说一遍，药物跟酒精永远不可能是你最好的朋友！”

之后，医生询问了约瑟的近况。

“我甚至已经无法得知他的状况，医生，我现在什么都不知道，他不跟我说话，他不看我，他对我视而不见。现在的状况很简单，其实，我觉得对他来说，

我好像已经不存在了！”

“要不要我稍微试着跟他谈谈？”医生说。

“如果您愿意的话当然好，可是千万别跟他说是我要您去找他的，他会怪在我头上，您了解我的意思吗？”

“我懂，艾莲娜，你别担心。他现在在房里吗？”

“对，他在房里，老样子……”

“我很快就回来。”

“医生？”

“什么事？”

“关于喝酒的事情……请您什么都别说……”

“当然了，艾莲娜，这是当然。”

伍尔兹穿过走廊，在门上敲了好几下约瑟才开门。他对他的出现似乎感到相当惊讶。

“晚安，约瑟。我打扰到你了吗？”

“没有……医生晚安，您来这里做什么？”

“我只是过来看你啊。我可以进来吗？”

“要是您想进来的话,那就请进。”

医生坐在名字叫“橡树”的椅子上头。

“约瑟,其实我是想跟你谈谈你妈妈。”

“谈我妈妈? 为什么?”

“你知道的, 她觉得孤单已经有好一阵子了, 也许你应该试着多跟她讲讲话。我问你, 你真的都不跟她说话吗?”

“有啊, 我有说啊。”他在一段长长的沉默之后才做出回答。

“是什么时候, 约瑟? 你是在什么时候跟她说话的呢?”

“我也不知道啊 …… 就是在 …… 她问我问题的时候。”

“可是, 你从来不会像现在这样, 不用什么特殊理由就能自然地跟她说话吗?”

约瑟等了几秒钟后才接话:

“嗯, 其实我不太有时间 …… 您要知道, 我有很多事要做。”

他很快就在医生眼中察觉，他的答案完全站不住脚。医生很快地又加上一句：

“约瑟！你该不会要告诉我你是因为没时间才不跟你妈妈说话的吧？”

约瑟不敢看他，他的眼光在房间里到处游走，他开始寻求支持……

约瑟感到很不自在。现在的情况跟索雷尔女士在一起时很不一样。他知道对付她的秘诀，只要找到正确的方法就可以让她闭上嘴。但现在他完全没办法！伍尔兹厚厚的山羊胡和低沉的声音把他震慑住了。

“您要知道，我跟我妈妈说的话她一点也听不懂，这就是为什么我不跟她说话！”

“喔，是吗？那你告诉我你跟她说话的时候都是在讲什么？”

“我也不知道啊，我就讲些……乱七八糟

的…… 我就讲我的朋友!”

“讲你的朋友?哪些朋友?你有交到朋友?”

“对啊,难道您没有吗?”

“当然有。约瑟,我希望你跟我谈谈你的朋友。你愿意吗?”

“这我不知道……”

“你不是非说不可,反正我也不确定会不会对你的朋友感兴趣!毕竟朋友是很神圣的,对不对?”

约瑟带着浅浅的微笑望着他,他这辈子第一次听到让他觉得有道理的话。

“这是真的,朋友是神圣的!嗯…… 要是您有兴趣,我可以把它们介绍给您认识。”

医生以一种不太在乎的冷淡语气说:

“把它们介绍给我认识?可是它们在哪里?”

“嗯…… 就在这里!”

“这里?是在这里的哪里?我只看到我们两个人!”

“那是因为您这样以为!”

“好吧,如果这样能让你高兴也很好!我洗耳恭听!不过我话说在前头喔,要是你的朋友不让我感兴趣,我就要走了,我不喜欢浪费时间,而且我很怕无聊。”

于是,约瑟开始跟他介绍“天使”,还有“旅行”,接着是“上校”,然后……

在超过一个小时的时间里,他巨细靡遗地介绍他房里的伙伴,医生也很专注地聆听他说话。最让医生感到惊讶的是,他从来没看过这样子的约瑟:他微笑着,他比着手势,他兴高采烈。医生静静听着他说话,完全没有打断他。

时间很晚了,医生离开了房间。他礼貌的谢谢约瑟跟他介绍了这么多朋友,然后他又说:

“约瑟,要是你能跟你妈妈更亲近一点就好了……你为什么不把你的朋友介绍给她呢?我相信这么做会让她很高兴!来,答应我你会尽这个小

小的努力,好不好?”

约瑟轻轻地点了点头，对他刚刚听到的话有点失望,他接着说:

“那您告诉我，认识我的朋友有让您感到高兴吗?”

“有啊。”医生在离开房间前回答。

他回到客厅时艾莲娜已经在沙发上睡着了，他轻轻摇醒她，跟她说还是到床上睡比较舒服。在半睡半醒之间,她问他:

“他有跟您说话吗?”

“有，他有跟我说话，一切都非常顺利。现在他应该睡了,我会再来看他。”

再一次,他要她承诺不再喝酒,然后离开公寓。

外头正在下雨,医生很快地躲进车内。

回家的路上，他想起了约瑟、约瑟的朋友、艾莲娜、这份他乐于从事的工作,以及在家等待着他的太太和孩子。开了几公里后，骤雨被他抛在后头。他觉得自己非常幸运。

工头有点不自在地跟艾莲娜谈过，他告诉她，她会在月底被解雇。工头有好几次出其不意地撞见她正在哭泣，她的工作也没有以前做得那么好。于是他便通报管理部门。艾莲娜会领到一笔四千两百法郎的遣散费，对此她什么也没说，反正她也不想再继续下去；她对一切失去欲望，再也没有动力。

这晚，她没有服用镇定剂。既然医生跟她说过酒跟药不要混在一起吃，那她就不混在一起吃。不过，她要喝酒。

她躺在沙发上看一部美国电影：一个年轻的妓女卷入了一桩和尸体有关的阴谋。艾莲娜虽然错过了电影开头，但没什么影响。

第一杯，她慢慢地喝，醉意入侵她的脑袋，她开

始觉得舒服，甚至可以说是非常舒服。她开始能够习惯，能够接受，不管是她儿子的沉默，还是被工厂解雇的事。她还有很多酒，酒瓶都放在桌上。她很快又倒了一杯。

她儿子待在自己的房间里，正在跟一个新朋友玩，那是一支他取名为“老爷”的钢笔。他闭着双眼，试着画下跑个不停的“天使”。

“‘天使’，听话，不要再动来动去，要不然我们永远也没办法画你！要是你继续这样，我们就要画‘云朵’不画你了！至少它从来都不动！对不对，‘云朵’？”“云朵”没有回答，只是报以微笑。

“哼，我不管了，‘老爷’，我们换点事来做。‘上校’，我向您致敬！您觉得医生这人怎么样？他还算亲切对吧？那‘橡树’，你觉得呢？你当时就在他旁边对不对？喔，我知道了，你们今晚不是很想说话！好吧，既然如此，我就要睡觉了！大家晚安！”

约瑟躺在“旅行”上，熄了灯。当睡意袭来时，他脑中想到的是那位他很喜欢的医生。

虽然艾莲娜被解雇了，但她并不想念她的工作。她一直待在家里，出门只是为了买菜，或是要带约瑟去索雷尔女士那里。她剩下的时间都在电视机前度过，电视机里总是上演着什么，那是她忠实的伴侣。

以前，艾莲娜会等到晚上才开始喝酒。但现在，她白天就喝起来，因为约瑟从学校回家后会很快地躲进自己房里。而在晚餐准备好时，她会叫约瑟过来吃饭，吃完后约瑟又会回到他的房间。

有时候，他会想到医生，不过他还是没有任何话想对他的母亲说。所以他还是什么都没说，尽管他觉得母亲最近有点怪怪的。

曾经有一次，他看到她失去平衡，撞上厨房的桌

角。他也注意到，她的眼睛比以前更常紧闭着。还有另一件事也令他感到惊讶。

“为什么她的手会颤抖？为什么她整天穿着室内便袍？不过那不关我的事，她想怎么样就可以怎么样。”

今天约瑟很高兴，明天开始是复活节假期，他有两个星期不用上学，真是开心。

可是有个消息让他高兴不起来，他母亲跟他说阿姨会来。

约瑟不喜欢阿姨，他讨厌她那种大声说话的方式，她什么都要说，而且约瑟也受不了她的香水味。

柯蕾特住在法国南部的芒通，她跟乔治结婚十八年了。他们有两个儿子，安托万和朱利安。这两个孩子从来没跟他们的表弟相处过，而柯蕾特决定独自来访。

柯蕾特已经有一段时间没有她妹妹的消息了，如果不是伍尔兹医生打电话给她，她根本无从得知她的状况，他把她酗酒的事情告诉了她。对医生而言，他认为自己的做法是对的，至于什么医生病人之间的秘密协议就算了；他这么做是为了艾莲娜，他觉得她是那么的孤独。

艾莲娜对于姐姐要来的事并不高兴，但却是因为别的原因。因为她在她面前不能喝酒，她必须要掩饰自己。

假期的第一天，约瑟的行程排得很满。这天上午，他重新定义了字典里的七个新词。

中午刚过，他决定要帮房间里所有的朋友换换位子。

“抱歉了，‘云朵’，你是唯一一个不能移动的！那么，现在就开始搬家啦！”

约瑟把“橡树”放到“旅行”的位子上，床铺的位置变成在房间正中央。

“上校”的头不见了。昨天约瑟在一张纸上写下蜡烛这个字，他把那张纸大剌剌地放在厨房的桌子上。这时候，“上校”的一半就正好躺平在“旅行”底下。

约瑟很想把“企鹅”带进他的房间，可是它搬起来太重了，反正他妈妈也不会同意，所以约瑟决定放弃“企鹅”。他把“海狸”带回去，“海狸”是那把被他插进墙里的大刀。约瑟开始移动书柜，把书柜推到走廊上：

“‘战役’，你占了太多空间了！”

约瑟从蓝色的走廊把衣帽架“旋转木马”搬了进来，“天使”现在在门上，就在它原本的位置上。约瑟用“老爷”画了一条隧道，他注视着隧道说：

“‘黑暗’，你知道吗，我很快就会去拜访你，因为我很想看看你那里是什么样子！”

约瑟听到很大声的说话声，马上就知道他的阿姨来了。

“唉，我的朋友们，她进来这里的时候你们最好不要呼吸！‘天使’，我现在要去到处转转！”

几分钟后，柯蕾特也没敲门，就这样大剌剌地走进他的房间。

“这里怎么这么乱七八糟，这是怎么回事啊！你可以告诉我这张床摆在房间正中央要做什么吗？还有，这把插在墙上的刀！这个衣帽架根本不应该在这里！还有，约瑟，你不亲我一下吗？”

约瑟屏住呼吸亲了她一下。

“好吧，孩子，我们俩可能得好好谈一谈。这里有些让我很不高兴的事。”

然后她又提高音量加上一句：

“我说这些可不是只针对你！”

柯蕾特说话很快也很大声。“要是她可以走开

就好了……”约瑟才这么想，好运立刻来了。她离开房间往客厅走，她走路很快，鞋跟还咚咚作响。约瑟立刻打开窗户，他想，不知道他得忍受这位阿姨与她那讨厌的香水味多久。

“艾莲娜，这间公寓简直像个猪窝！你是不做家务了还是怎样？还有，你看到你儿子的房间了吗？这真是太乱来了，他把床放在房间正中央，还把一把刀插进墙壁，而你竟然随便他这样乱来？”

“要是这样能让他高兴，我是觉得没关系啦。”

“说的跟真的一样！等一下他说不定还会跑去浴缸里睡觉，难道你也觉得那样很正常吗？艾莲娜，我们必须好好谈一谈……酗酒的问题到底是怎么回事？你又开始喝酒了吗？还有，你不要再编一堆借口敷衍我，伍尔兹已经打电话给我了！”

“啊，他跟你说了……但他有点小题大做，你要知道这点。”

“是这样吗！但是我可不相信！你看看自己的样子就知道…… 这太明显了，你看起来简直像老了十岁，我都认不出你来了！艾莲娜，你到底有没有搞清楚你自己的状况啊？你已经丢了工作，不再做家务，然后现在你又开始喝酒！你到底在干什么？实在是太乱来了！你要赶紧振作起来。给我听好！别跟我说这些问题都是因为约瑟，这种借口也未免太方便了！我也经历过啊，去年朱利安留级的时候，给我带来很多问题，但我可没有因为这样就开始喝酒！我知道，你可能会告诉我，我是因为有乔治在身边，而你是孤零零一个人。没有错，这点是千真万确的，虽然如此，但还是不成理由！你不可以这样放纵自己！我问你，你每天喝几杯酒？快点告诉我！”

“我…… 我也不知道…… 两三杯吧……”

“别骗我，我知道你喝的一定比两三杯还要多！你闻起来全身都是威士忌的味道！你有想过你儿子吗？你可真是个好榜样！我不认为这是治好他最好

的方法。如果你能明白我的意思，你就应该马上去找工作！”

“不要对我这么严厉，我只是这阵子过的比较不好，只是这样而已。我会振作起来的。”

“你最好振作起来！想想爸妈吧，要是他们知道你的状况会有多丢脸！你有想过他们吗？一定没有，你一定没有想过！但你放心，我什么都还没说。只是，你给我听好，虽然我明天就会回芒通去，但不要不把我的话当一回事。我把孩子交给乔治照顾，但你也知道，如果没有我在他很难搞定他们。我下个月还会再过来，要是你到那时还没振作起来，我发誓我会告诉爸妈。而且，如果有必要的话，我会采取更强硬的手段！”

“柯蕾特，你这是什么意思？”

“到时候你就知道了！该是你负起责任的时候了。艾莲娜，你应该知道要怎么做！”

只是，对她而言，刚才听到的话中唯一的好消息就是她姐姐会比预期还要早地离开。至少她可以跟儿子一起分享这件乐事,尽管他们将会各自分享。

第二天,在火车站送行的时候,艾莲娜答应她姐姐要振作起来,去找工作。而柯蕾特就这样坐上火车回芒通,她看起来似乎安心许多。

艾莲娜停了五天没喝酒,然后她又故态复萌。

艾莲娜做了一个很奇怪的梦。梦里天气很好,她和约瑟在一片麦田中间,一只长颈鹿望着他们,约瑟呼唤着长颈鹿:“嘿,艾菲尔铁塔女士,你好啊!”长颈鹿走近他们,然后对约瑟说:

“告诉我,你是怎么知道我的名字的?真是奇怪,从来没有任何人用我的名字叫我!”

艾莲娜看着他,她从没见过他这么快乐。她在他耳边小小声地说:

“咦？怎么会这样，我还以为艾菲尔铁塔在巴黎呢。我好像得好好复习一下我的地理了……”

约瑟抱着他母亲的脖子对长颈鹿说：

“你知道吗，艾菲尔铁塔女士，我知道每一样东西、每个人与每一只动物的名字！”

长颈鹿对艾莲娜说，她的儿子是个魔法师。说完之后就走开了，约瑟亲吻了他的母亲，然后闹钟的声音响起。

马上就要六点半了。艾莲娜起床准备早餐，但她的双手却颤抖个不停。

第二章

chapter two

一切来去如此迅速，他没有时间去思考任何事物，约瑟只是静静地承受着面前的一切。

有那么一瞬间，他想起了他那位覆盖在泥土之下的母亲，想起了妈妈的那封信，他从来没有读过那封信，却把信收在“橡树”的一个抽屉里。

柯蕾特来访得比预期的还要早，而且她还不是一个人来。她的老公和孩子都来了，还有她的父母及几位远房表亲。

艾莲娜昨晚过世了。约瑟放学回来，发现他母亲躺在走廊上，他通知了同一层楼的邻居，他们找来一辆救护车把艾莲娜载走。

在医院的急诊室时，她还活着，但几个小时之后她的生命便结束了。艾莲娜并不是自杀，只是她疲

惫的心脏已经撑不下去；她喝了太多的酒，吃了太多的药，即便伍尔兹医生早就告诉她酒和药不能混在一起服用。

乔治承担起一切，他得筹备一场葬礼，然后所有人都开始讨论约瑟该怎么办。柯蕾特提议把他带回芒通，外公外婆答应了。在那之后一切都发生得非常快。

“你们知道吗，教堂里头满满的都是人，穿着袍子的先生讲了很多话，我叫他‘侯爵’。曾有一次，他要大家唱歌，但我没有唱。‘天使’，你知道吗，在‘侯爵’旁边有一个真正的天使雕像喔！他可能是’侯爵’的马儿，但我也不确定啦。最后‘侯爵’还在那些肚子饿的人嘴里放一片洋芋片，有很多人排队等着要吃，可是我没有吃，因为我不饿。然后我们就出去了，阿姨叫我坐上车。我们跟着在前面一辆大车里的妈妈走。我问我们要去哪里，阿姨告诉我说，我们要去墓园。我问，什么是墓园？姨父回答说墓园就是我们要带妈妈去的地方。我问为什么，可是没有人告诉我答案。后来在墓园里，有四位穿着一样衣服的先生把妈妈抬到一个洞里，他们在洞旁边放了好多好多的花。有好多人哭了，但不是每个人都哭。'侯爵'就没有哭，他自顾自地在说话。我记得很清楚，就是在那个时候，外婆突然紧紧地把我抱在怀里，说：'喔，我的宝贝！喔，我的小宝贝！'为什么她会突然在所有人面前说我是小宝贝？后来那四位穿着一样衣服的先生用绳子把装妈妈的箱子放进了洞里。接着'侯爵'做了一些很好笑的动作，然后每个人都在箱子上丢了一些土，弄到后来我们连箱子都看不见了。就是在这一刻，我知道我再也见不到妈妈了。好，就是这样，我全都告诉你们了！我现在要去睡觉了，大家晚安。"

自从艾莲娜过世后，约瑟就住在芒通，他的阿姨和姨父收留了他，约瑟并没有其他选择。这一年半来，他忍受着他的阿姨及她身上的香水味，还有她的丈夫和两个小孩：朱利安与安托万。他们并不接纳他。

只有一件事让他觉得高兴，那就是他不用再去见索雷尔女士了。在芒通，有一位家庭医生克罗尚先生偶尔会过来看他。这位医生并不觉得约瑟的状况有多令人担心，他觉得约瑟只是稍稍有点内向，就一位刚失去母亲的孩子而言，这没有什么特别令人担心的。

约瑟只有待在自己房间时才会觉得舒服，这房间比他在摩瓦希的房间大一点，不过他过得很习惯，他可以把所有的朋友都带来，虽然他还是有点想念旧的天花板"云朵"。"天使"又再度回到与"旅行"面对面的位置，"上校"也在，不过它的头换了颜色，现在是粉红色的。

约瑟也交了新朋友。他很喜欢坐在“总统”身上，“总统”是一张他从储藏室里找出来的老旧扶手椅；还有“海浪们”，它们是一对花窗帘。约瑟很喜欢看着它们在风吹进房间时飘动起来。他现在有一本更大的字典，但他倒是从来没想过给字典重新取个名字，不过他还是跟以前一样，重新定义字典里的词来自娱。

然后还有“不知所云”，那是一台外婆给他的三十年代的老旧收音机。他只收听外国的电台，但他不喜欢“不知所云”唱歌，他的乐趣其实只在于把收音机说的东西翻译给大家听。

现在是晚上八点，约瑟有个约会。他知道，如果他把收音机的指针转到布拉格，他就能听到一位女士甜美的声音。他很快地找到了这位女士，先让她

说了一会儿话，然后他开始工作：

“她说她吃得很饱……她说她很高兴有人听她说话……现在，她说明天的天气会很糟，所以大家要记得带伞！”

约瑟环顾室内：

“你们啊，你们不需要带伞，你们从来不出门……只有‘天使’例外！啊，现在她正在说，要是战争发生，‘上校’就会变成老大！我希望这让你觉得高兴，‘上校’，现在她说她从来就没喜欢过学校，而且……哎呀，真讨厌，她又开始放音乐了！每次都这样，她每说一阵子就会放一首歌！好吧，夫人再见！”

约瑟关掉收音机，在“旅行”上躺了下来。他拿起那本写得满满的笔记本，读了几个句子。现在他重新定义的词已经累积到三百个以上。

最新的这个词让约瑟有点头大。他的手指落在“养蜂术”这个字上，在看过字典上真正的定义后，他

发现这个词有点愚蠢，但他还是必须尊重手指头做出的选择，不可以作弊。思索了很久之后，在找不到更好结果的情况下，“养蜂术”变成了“螫扎”。

“喂，你说话啊，约瑟，你为什么从来不说话？”

“朱利安，拜托你别去烦他！”

“我没有烦他，我只是想知道为什么，从他来到这里开始就什么话都不说。好像跟我们在一起让他觉得很厌烦似的。可是话说回来，阿姨死了又不是我们的错！”

“朱利安，别说了！”

“每次都这样，我们在这里什么话也不能说！那他呢？他想怎样就怎样，你们从来都不会说些什么！我是在我自己的家里啊！而且他还会在自己房间里自言自语！这些我都知道，因为我都听见了！”

“朱利安，马上住嘴，要不然就给我回房间去！”

“我才不在乎，反正我不饿！而且，要是你好奇的话我可以告诉你，我在他枕头下面找到一本笔记

本，你知道他在里头写了些什么东西吗？他完全疯掉了！他写了一大堆一点意义也没有的东西！不过我一点也不惊讶！因为他在学校里也是个异类！”

“我的笔记本！马上把我的笔记本还给我！”约瑟大喊。

“哈哈，真有趣，你突然会说话了！你可以追着我要我把笔记本还给你！但是我告诉你，你再也见不到那本笔记本了！”

“朱利安，等到晚上爸爸回来你就完蛋了！你最好听话，马上把笔记本还给他，不然我再也不想看到你，你听见了吗！”

朱利安把笔记本还给了约瑟。后来，安托万跑去他房里找他哥哥。

“你别担心，朱利安，我们走着瞧……”

约瑟过生日的时候，乔治出了个主意想帮他庆生。那天，约瑟放学回家后在房间里发现了一只猫。

“孩子！生日快乐！这只猫才三个月大喔，它的名字叫做小傻瓜！”

约瑟看着小傻瓜，愣愣地说了声谢谢。然后，他看见“上校”掉在地上，他马上讨厌起这只猫。很快，小傻瓜这名字变成了“畜生”。

约瑟撞见“畜生”正在“橡树”上磨爪子，他想要抓住它，结果“畜生”反过来抓了他。

“哎呀！我会要你付出代价的！”

猫咪躲在“旅行”下面，约瑟抓起“上校”扔向“畜生”，但猫咪成功地逃开，约瑟开始追着跑。安托万和朱利安在院子里听见很大声的喵喵叫，闻声而来的他们正好看见约瑟手中握着烛台。

“妈、妈！快来啊！他在打猫！”

“什么？你到底是在干什么啊？约瑟？你疯了吗？不要欺负这只猫！”

“它抓了我！它抓了我！”

“那算不上理由，约瑟！我要你马上放下烛台！”

约瑟松手放开烛台，然后一面尖叫一面跑回他房间。

“我讨厌你们！我讨厌你们所有人！”

第二天，乔治便把猫送到动物保护协会。

诸圣节的时候，柯蕾特把约瑟带回摩瓦希看他母亲。到了坟墓前，他们遇到欧蒂，她是艾莲娜的一个老同事。约瑟记得她，他在葬礼上见过她，欧蒂和柯蕾特聊起了艾莲娜，柯蕾特哭了。

约瑟注意到现场的花比他母亲消失在洞里的那天来得少，而他突然想到距离此地几百公尺之外的“云朵”。他们在墓园里待了大约一个小时，然后就去搭火车了。

在这段旅途中有好几次，柯蕾特跟他说起艾莲娜。她对他说，他会感到难过是很正常的，特别是在今天这样的状况，然后，她又说她也一样感到非常悲伤。

约瑟贴着窗户，观看着景色在他眼前全速飞逝而过。在那些景色中有许多东西是没有“名字”的：树木、林间空地、村落、道路、钟楼、乳牛、电线杆、偶尔经过的车辆。一切来去如此迅速，他没有时间去思考任何事物，约瑟只是静静地承受着面前的一切。

有那么一瞬间，他凝视着坐在他对面睡着的阿姨，他想起了他那位覆盖在泥土之下的母亲。

约瑟想起了他妈妈的那封信，他从来没有读过那封信，却把信收在“橡树”的一个抽屉里。

他回想起母亲在早餐时给他倒巧克力的颤抖双手，回想起与她一起在索雷尔女士的候诊室度过的那些漫长时光。

在这节火车包厢中，有一位老先生在咳嗽。约瑟心想，他一定病得很重，所以才会咳得那么厉害。

“他应该去找伍尔兹医生看病。说到这个，他到底跑到哪里去了？说不定他也死掉了？”

死掉……约瑟开始为这个他不太喜欢的字眼寻找新的名称。由于想起那些覆盖在他母亲身上的泥土，他想到了“终点站”这个词，然后又想到了“地瓜”，他思索着到底这些瓜是活的还是死的。最后，他选择了“神秘”这个词，这词还算可以诠释他脑里思索的那些想法。

过了一会儿，那位老先生又再度开始咳嗽，柯蕾特醒了过来，然后火车就在芒通火车站停了下来。

今天是星期六，约瑟生平第一次在自己房间里感到无聊。

“上校”不过就是根烛台罢了，“橡树”也只是张可悲的书桌，“不知所云”只是台老旧收音机，而“天使”只是一张马的照片。就连字典游戏也不再让他觉得有趣。躺在“旅行”上，约瑟却不再旅行。

昨晚，他读了那封信，那是他第一次阅读那封信。躺在床上，他想着：“为什么妈妈要跟我说那些事情呢?”

到了中午,约瑟不想吃饭。他在餐桌边告诉阿姨说他并不饿,乔治和颜悦色地告诉他,一定要吃东西才会变得又高又壮。

约瑟起身回自己房里去了。柯蕾特很清楚地感觉到他跟平常不太一样,所以她没有再坚持下去。

约瑟想到他母亲。“她的双手在泥土底下是否还会颤抖?她会不会冷?她的眼睛是张开的吗?还有,如果她的眼睛是张开的,那她晚上还会不会看电视?但那是不可能的吧,土里面又没有电视机。”

约瑟又再度想起那些在葬礼上流泪的人。“为什么他们哭了,但我却没有哭?也许是因为‘侯爵’说的那些话?最重要的是:为什么她会这样在走廊上躺着?死亡是什么?妈妈,死亡是什么?我知道爸爸在很久以前就死掉了!所以,也许是她想在死后

的世界的某处跟他会合？也许是这样，可是那会在哪里？在土里面吗？”

约瑟突然回想起“侯爵”在弥撒近尾声的时候说的话，他讲到了天上，还有某个应该会迎接他母亲的人。如果要追根究底的话，那个人会不会是他父亲？

“没错，就是这样！‘侯爵’在教堂里从头到尾都在讲我的父亲，甚至还用唱的！可是他们又为什么要把妈妈放进一个箱子里？然后又把箱子放进洞里？而且，为什么是在地底下？如果她应该要到天上跟我父亲会合，为什么要把她放在地底？妈妈，死亡是什么？死亡到底是什么？”

约瑟不说话已经有两天了。他待在自己的床上，柯蕾特通知了学校，克罗尚医生也来过了。他认为约瑟正遭受的是一种较为迟缓的打击，他开了一种可以消除低潮、忧郁的药。柯蕾特对于她外甥的用药相当注意，她很担心。乔治现在出差去了，而朱利安和安托万觉得他不过是想要引人注意。

约瑟觉得自己迷失了。房里是一匹不再飞翔的马儿、一面空白的天花板、一台沉默的收音机、一根熄灭的蜡烛、一张过大的扶手椅、一支再也不能书写的钢笔；然而，这间房里的一切都在原本的位置上，除了他之外……

他的阿姨定时来看他，她一直尝试着让他开口说话，试着让他进食。但他不再说话，也不再进食。

约瑟似乎身在别处，可是他到底在哪里？“死亡是什么？妈妈，死亡到底是什么？”

他想起了伍尔兹医生，那天晚上，医生曾要求他跟他妈妈说话，就跟那封信里说的一样。

现在，每当约瑟想到他母亲，眼泪便从他凹陷的小小双颊上流下。

柯蕾特很害怕，她在电话里要乔治回来。于是

乔治便提早从巴黎回来，他发现他的外甥瘦了很多，乔治决定要采取行动，他听从好友安德烈的建议，致电给安塞尔教授，他是一位行为障碍专科的权威。安塞尔教授答应隔天早上十点过来。

约瑟穿着日益宽松的天蓝色睡衣，让人光是见了都觉得心痛。他的小手搁在肚子上，看起来好像一个被人抛弃很久的玩具娃娃。

安塞尔教授来过了，他跟约瑟一起待在房间里。那孩子似乎并没有看见他。

他下的诊断很明确：约瑟目前的状况是一种深层的人格障碍，他建议应该尽快让他住进一所位于尼斯的疗养院治疗。

柯蕾特想知道她的外甥要在那里待上多久，安塞尔并没有明确的回答，他说，大约是几个星期，柯蕾特便哭成了泪人儿。乔治把她紧紧地抱在怀里，

然后安塞尔就离开了。

两位医护人员来把约瑟接上救护车，虽然他不懂是怎么回事，不过他让自己任由摆布。他因为太久没进食而变得衰弱，细瘦的双腿连站也站不住。于是，他们便把他抬到救护车上。

在前往医院的路上，约瑟平躺着，茫然地望着车窗外的房舍与树木快速地流逝。他想到了从摩瓦希到芒通的火车上的那位咳嗽的老先生。

到达尼斯的圣查理疗养院后，约瑟住进了儿童部门的 127 号病房。

有位护士小姐马上为他打点滴，然后递给他三粒红色的药丸与一杯水。约瑟望着这位全身穿着白衣的女士，她对他微笑。他张开嘴，吞下了那些奇特的糖果，一会儿之后便睡着了。

第三章
chapter Three

这里，没有棉花糖，也没有旋转木马，更没有游乐场。

这里，一切都跟别处不同。就连花朵看起来都显得悲伤。

三月二十四日,星期四。

约瑟已经卧病在床三个星期了。他的状况还是没有变,只是拜葡萄糖之赐体重回升了几公斤。除此之外的状况还是一样,偶尔开口只是因为要吞服护士小姐定时拿给他的药丸。他有的时候还会尿床,但她从没跟他说过一句责备的话。

这天早上,托雷斯小姐试着要让他下床,他整个人却僵硬得像根木头,还闭上了双眼。在那之后,她

便没有再坚持这么做。

有位实习的住院心理医生费达勒每天下午都会过来，他试着要让约瑟说话，然而约瑟甚至没有察觉到他的存在。

柯蕾特和乔治每周来探望他两到三次，但他们从来不会待很久，因为只要待上几分钟，柯蕾特便忍不住要流泪，而约瑟甚至连她的香水味也闻不到。

四月四日，星期一，八点钟。

在整理约瑟的衣橱时，托雷斯小姐在睡衣的一个口袋里，找到了艾莲娜的那封信。在读过那封信之后，她把信影印了一份给费达勒，然后又把信放回原处。这时约瑟正在睡觉，她便把手放在他有点发热的额头上，这时候，她想到了一个点子：她在小夜桌上留下了一支笔和几张纸，然后便离开了病房。还有别的病人在等着她。

四月十五日，星期五。

这天早上，约瑟不再是一个人在病房独处。由于病房数量不够，房里又加了一张床给里欧奈，他是一个十三岁的男孩。要不是因为他在颤抖，约瑟根本不会注意到有他这个邻居存在，只不过就现在的状况而言，他也很难视若无睹。

约瑟再度想到他母亲的手，它们也会不由自主地抖动。“也许他跟妈妈一样电视看太多？我想这应该就是颤抖之谜的答案。”

在儿童部门，我们有时会听见可怕的叫喊声。护士和大夫在病房与病房间穿梭，照顾着这个城市再也不想要的孩子。

这里，痛苦从房门渗出来，苦难就在这里。我们呼吸着苦难，以之为食，就像是为了不要遗忘任何一件事一样。

这里，有不存在的目光。在会客时间之中，我们在走廊上与罪恶感擦身而过。

这里，有一些小小的身躯让我们想紧紧抱住，只为了确实地听到他们的心脏在跳动。

这里，没有棉花糖，也没有旋转木马，更没有游乐场。

这里，一切都跟别处不同。就连花朵看起来都显得悲伤。

这里，我们有权憎恨上帝。

日子一天天过去。里欧奈稍微平静一点了，约瑟也稍微有了一些胃口。在这间房里同住着两位不会彼此交谈的孩子，有时候会有偶然交错的目光，但他们共享最多的是沉默。

每天，医生会在同一时间进行治疗：红色的糖果给这一位，蓝色与绿色的给另一位。

四月二十八日，星期四。

柯蕾特单独来访，乔治还在工作。最近这几次她比较少哭了，她已经渐渐习惯。

五月四日，星期三。

里欧奈的祖母带了巧克力糖来给她的孙子，她很亲切地问约瑟要不要吃巧克力，他却什么也没注意到。

明天，他必须进行神经方面的检查。费达勒想要确定他神经方面没有问题，这点总是很难说。

五月五日，星期四。

费达勒稍稍安心了。经过扫描之后，证实约瑟的脑子是正常的。

五月二十三日，星期一。

约瑟住院到今天已经有两个多月了，他几乎已经恢复正常进食，但他还是一样不说话。

五月二十五日，星期三。

这天早上里欧奈很高兴，明天他就要离开，再加上今晚在游戏房里有电视转播的球赛可看。这些都是一位医生告诉他的，但约瑟不会去看球赛，他什么都不想看。

五月二十六日，星期四。

里欧奈出院了。约瑟再度独自一人待在病房。

五月二十七日，星期五。

这天早上，托雷斯小姐在小夜桌上发现了一封信。约瑟写了一些句子。她有点看不懂，但信中有两个字眼持续出现：死亡与妈妈。

她把信拿给费达勒看，在读过信后，心理医生要求护士小姐把约瑟盯紧一点。费达勒花了些时间独处，试图想理解这封信。信上的字句写得很古怪，很模糊，来来去去的犹如乐谱上的音符。

我要派天使到你的死亡里找到你。妈妈，它们对我不再有任何用途。而且，要是你还是觉得无聊，就像我现在一样觉得无聊，那我就把“上校”也给你，我也不再需要它了。妈妈，告诉我，在你的死亡中有没有电视机？还有，先告诉我什么是死亡？我是不是也一样要死掉了？也许是因为我不跟你说话，所以你才决定要死掉。你为什么要睡在走廊上呢，妈妈？死亡是什么？妈妈，死亡到底是什么？

刚过中午，费达勒走进病房，他在床尾坐下来。一如往常，约瑟没有注意到他的存在。

“你好，约瑟。你还好吗？你看见了吗？外头天气很好，你不想到公园里散步吗？”

约瑟没回答，而费达勒也习惯了。

“约瑟，其实我有个大消息要告诉你！你知道

吗，我刚刚跟你妈妈通过电话，她说她想要拥抱你，而且她要我告诉你她一切都好，叫你不必为她担心！啊，我差点忘了，她还跟我说她交了好多朋友。”

第一次，约瑟看着费达勒说，“妈妈真的打了电话过来吗……”他想要大声喊叫。

“约瑟，知道妈妈打过电话来让你觉得很开心吗？”

约瑟考虑了片刻，心想着这也许是这个白衣人为了要让他说话想出的方法，但他又改变了主意：“不，这不是说谎，妈妈一定打过电话来！”

他的心跳加速，开始冒汗；他想要高声尖叫，但取而代之的是流出眼眶的眼泪。

“约瑟，你很难过吗？跟我说说话。拜托，你为什么要哭？约瑟，告诉我你为什么哭？”

“她……她在哪里？我妈妈在哪里？”

三个月来，费达勒就等着这一刻。只不过约

瑟开口说的话是被心理医生骗出来的。他很清楚这一点，不过一切已经太迟，他的谎说大了。“他的母亲都已经死了三年，怎么可能打电话来？死掉的人怎么可能会打电话呢！”但因为他原本就打算即使不顾一切也要让约瑟说话，所以他便真的不管三七二十一地乱来了。

“我到底是怎么搞的？竟然编出这种话？”但现在约瑟的眼睛紧盯着他不放。“不能动摇、千万不能动摇！快想啊！对！没错！我应该要好好思考。”

“约瑟，我得离开几分钟。等一下我会再回来，告诉你她在哪里，还有她跟我说了什么，好吗？”

费达勒正准备要离开时，又在短短的五分钟之内二度听见约瑟微弱的声音。

“医生，告诉我，她真的打过电话？真的有吗？”

“是啊！真的有！”心理医生回答，“我会再过来……待会儿见！”

费达勒冲到走廊上。他已经在这条走廊还有病

房与病房之间来来回回走了好几趟，他几乎是闭着眼睛都能知道该怎么走，然而在这一刻，在这座迷宫之中，他真的知道自己要去哪里吗？突然间，他想到了护士小姐。

“天啊！克莱尔！”

“梅兰妮！”

“什么事？”

“我要找克莱尔！你知不知道她在哪里？现在情况很紧急！”

“我刚才遇到过她，她在咖啡机那边。”

“谢谢！”

他冲向左边第二个走廊，然后右转，之后再右转，最后到了左边第一条走道。

“克莱尔！”

“发生什么事了？你脸色很糟！”

“克莱尔，我必须马上跟你谈谈，事态严重！”

他领着她到最近的一间空房间，然后巨细靡遗地跟她描述刚才那可以说是近乎疯狂的片刻。

“你一定要帮我，克莱尔，拜托你！你跟这个孩子认识很久了！要是你知道我对我做的这件事有多后悔就好了！而且我答应他，要在十分钟后回去跟他说说这通电话的内容！你能了解我的处境吗，克莱尔？”

“事情做了就做了！你现在先冷静下来，我去看看我还可以做些什么。”

她沉默了一会儿，说：

“我去跟他谈谈！”

“跟他谈谈？但你要跟他说什么？一个已经入土三年的母亲打电话来，就为了探探儿子的消息，然后说自己一切安好？我的天啊，我刚刚到底是怎么了！不知道你能不能理解，在我看过那封信后，我有多想听到这孩子开口说话！”

“我当然能理解。好了，你就别担心了……现在你就留在这里，让我来处理，好吗？”

她站起来，轻轻抬起他的头，让他看着她的眼睛。

“你知道吗，我现在算是稍微有点认识他们了。我想是因为我帮他们洗澡、照顾他们、关怀他们的缘故。你就相信我这次，虽然我还不太确定该怎么做，但我向你保证，我会处理好这件事。我现在就过去，我们待会儿见。还有，你试着让自己稍微冷静下来好吗？”

费达勒看着她离开房间，她的步伐坚定又明确。他把这件事完全交给这个女人处理。他别无选择，现在只能静心等待。

穿过通往 127 号病房的长长走廊，克莱尔 · 托雷斯知道，在短短的时间内，将要决定一个孩子的未来，而她甚至连这个孩子的声音都没听过。

房间号码迅速增加。122、123、124…… 只要再两间房间就到了。她走进那间房间，约瑟就坐在他床上，望着她。克莱尔有点慌乱，这是他第一次像这样看着她。

“约瑟，是费达勒医生要我来看你的。他在别间病房还有很多工作，所以他现在没办法过来。”

约瑟垂下眼睛，但很快又再盯着她。

“他跟我说过他十分钟内就会回来的，我不懂他是怎么了！算了，那我就等他过来！”

她以前常会想象这孩子的声音是怎样，这是他第一次对她说话。

“你知道吗，我想医生今天都不会再过来看你了……”

“没关系！那么就明天再来！他有跟我说我妈打过电话来的。”

“这是当然，”克莱尔接话，“我知道你妈妈的事。”

“啊？那么你也一样跟她说过话？”

“我没有，但医生把她在电话里讲的话都跟我说了。”

“那……你觉得她有没有可能会再打来？”

“我想可能不会。”护士小姐非常温柔地回答。

“是吗？为什么她不会再打来？”

“那是……那是因为她死了……”

“是吗？这个我已经知道了。她死了，她死了很久了。而且还是我在走廊上发现她的，即使是这样，这也没有阻止她今天早上打电话来啊！”

“是这么说没错……不过……我该怎么跟你说呢……约瑟，你知道吗？死掉的人要打电话给我们是非常困难的。”

“为什么？因为他们在的地方电话通讯不好吗？”

“对啊，就是这样。我想你是懂的，你妈妈在的地方太遥远，所以电话线路运作的状况不好，我们能够收到她的来电就已经是很不可思议了。”

“但她在哪里？”

“她在哪里？她在……她在天上啊。约瑟，她在天上！”

“在天上？可是到底是在天上的哪里啊？”

“嗯，就在那里，在云朵的后面，在太阳的后面，甚至在星星的后面。她在很远很远的地方。”

“我就知道！我一直都是这样想！就是因为这样我才搞不懂他们为什么要把她放进土里。”

“什么意思？”

“因为我相信妈妈跑去天上跟爸爸会合了，这是那次‘侯爵’在我母亲死掉的时候说的。”

“侯爵？什么侯爵啊？”

“我叫他‘侯爵’，因为他穿着袍子。”

“你是在说神父吗？”

“对啊！我现在都懂了。妈妈躲在土里，然后等到所有人都离开后，就朝天上飞去，就像‘天使’跟我做过的一样！”

“天使？什么天使？”

“那是一匹马，它是我的朋友。不过还是算了，我不想讲它。”

“没关系，你不想讲没关系的，约瑟。”

“真可惜，我没办法跟我妈妈说话，如果能跟她说话我会很高兴的！”

“是啊，我知道，不过当时你在睡觉啊。而且她坚持不让我们把你叫醒。”

“真的吗……那妈妈还说了什么别的吗？”

“她说她一切都好，说她很幸福，说她非常爱你，还有她想用力地亲吻你、拥抱你。约瑟，我想问你，我可不可以代替她亲吻你、拥抱你呢？”

克莱尔把约瑟紧紧抱在怀里，他接受了这个来自天上的拥抱与亲吻。“如果妈妈很幸福……那么一切保持现在这样就很好了。”

第四章
chapter Four

他闻到那种下过雨后独特的柏油路味道，听见鸟儿再度开始歌唱，看见那些逐渐远离的真正的云。约瑟心想，刚才的天空一定是万分忧伤。

七月八日，星期五。

最早的暑气已经出现了。

约瑟很明显地好转许多。现在，他会说话、会走动。昨天他甚至跟柯蕾特一起到花园里散步，看到他现在的状况，她感到非常高兴。约瑟闻到阿姨身上喷了一种当季的新香水，他还挺喜欢的。

一个星期之后，她的外甥就要出院了。费达勒核准了他的出院。现在的约瑟已经渐渐恢复健康，而心理医生也永远不会忘记这个曾在顷刻之间让他昏了头的孩子。

护士小姐变得与约瑟非常亲近，她在下班后经常留下来跟他说话，聊一些杂事。

在克莱尔与他之间，有爱也有欢笑，约瑟变得跟以前不一样了。生平第一次，他开始对其他人有了兴趣。他会跟人讨论、提出问题、对某些事物感兴趣。而且现在约瑟经常要求乔治跟他说笑话。

再过几天，约瑟就要离开了。现在的他很熟悉这所疗养院的每一个角落，对他而言，他将离开的这个地方就像他的家一样。

即使只是医院的餐厅，约瑟也已经培养出自己的一套习惯。他会跟厨师亲切对话，会给帮忙收拾餐桌的碧罗太太一个微笑；还有管理员阿勒伯，约瑟很喜欢捉弄他，把他的钥匙藏起来。就在几周内，约瑟成功地学会爱人，也让自己被这里的所有人喜爱,就连这里其他的小朋友也一样。

而有时候，听到电话响起，约瑟会竖起耳朵，以免那通电话是……

七月十六日,星期六。

这天刮着暴风雨,透过他房间的窗户,约瑟望着松树被密史托拉风吹得弯成弓形,天空变得阴暗,剧烈的骤雨就要让这片天空底下的景色变得一片朦胧。雨水似乎在敲打着天空中的大门。透过一滴滴的雨水，约瑟观看着一栋建筑物屋顶上的电视天线正孤零零地反抗着风雨。底下靠左边的那条小路,是约瑟很喜欢散步的那条,它现在已经消失,变成了一条小河。他想到那些正好没带雨伞、又被暴风雨侵袭的人们。约瑟心想，那些在天气晴朗时唱歌的鸟儿都到哪里去了?“它们躲在什么地方?它们会不会害怕?”

雨下得更加剧烈，约瑟躺在床上，闭上眼睛，聆

听着天空中传来的阵阵怒气。

半个小时之后，太阳奇迹般地再度出现。他从床上爬起来，打开了窗户。

他闻到那种下过雨后独特的柏油路味道，听见鸟儿再度开始歌唱，看见那些逐渐远离的真正的云。约瑟心想，刚才的天空一定是万分忧伤。

他走出门，来到公园里，用地上的水洼来玩跳格子，呼吸着暴风雨后所留下的无数种芬芳气味。他在一张长椅上擦了几下，想要在上面坐下来。

救护车的警笛声自远处响起。他又回到楼上，跟几位熟到叫得出名字的护士小姐打了招呼。点心时间已经到了，约瑟觉得很高兴。

傍晚的时候克莱尔过来看他，她问他是不是很高兴明天早上就要出院了。约瑟回答说他很高兴，不过，他又加上一句，他说，只要想到以后见不到她就觉得很难过。她要他答应会保持联络，而他也发誓会这么做。约瑟说，他会再回来看她，然后他们俩紧紧地拥抱，互道再见。在克莱尔离开病房之前，约瑟问她，可不可以给他一支签字笔和一本全新的画图本。

这是他的最后一晚，他想要把被他留在这里的一切给画下来。他的房间、他的床、外头的走道、小公园和那张长椅；树、服务台、管理员阿勒伯。约瑟既没有忘记任何东西，也没有忘记任何人。他想要把一切都装在画图本里带走。他要带走每一分、每一秒、每一张面孔、每一种气味。费达勒与他的白袍、克莱尔与她的微笑、咖啡机那边他喜欢闻的香烟味、每个角落都记得一清二楚的游戏间、走廊尽头的电话。

他画下一张又一张的图。心想：快啊，时间紧迫，我什么也不可以忘记。

最后，约瑟感到很疲倦。“现在该睡觉了，明天

一早我就要走了。”他关了床头灯，画图本搁在肚子上，他闭上了眼睛。

他又再次想到他的人生、他的母亲，想到他在摩瓦希的房间里的朋友们。

约瑟突然想起“黑暗”。那个叫“黑暗”的隧道。那像是很久以前的事，那一天，他在墙上画下了它，却从来没有拜访过它。他没有时间这么做，当时，他必须离开摩瓦希。

约瑟又开了灯。他很迅速地翻开画图本上的一张纸，像以前那样再次把它画了出来，然后再次熄了灯。

外头，知了正开着派对，空气恬适。约瑟很快地陷入了梦乡。

第五章
chapter Five

我其实很爱我妈妈。但我却从来没有告诉过她这件事。而且，我甚至不知道我为什么没告诉她。嗯……好吧，其实我知道为什么，但那是因为以前我并不知道我有多爱她。所以，我希望等到我也死掉的时候可以跟她重逢，然后告诉她我有多爱她。

“约瑟，为什么你从来没有来过我这里呢？”

“我不知道啊！”

“你把我画了出来，你给了我生命，可是你竟然一点也不好奇我是怎么出现的？”

“我很好奇啊，我当然想知道！”

“那你就来找我吧！过来吧！我已经等了很久！你知道吗，其实这没什么好怕的。不要害怕！”

“可是我并不害怕啊。”

“那就来吧！我为你保留了最棒的惊喜。”

“真的吗？请告诉我是什么样的惊喜？”

“不行喔，要是我现在告诉你，那就不算是惊喜了！”

“‘黑暗’，你很奇怪呢！说真的，隧道先生，你知道我为什么帮你取名叫‘黑暗’吗？”

“当然知道啊，那是因为有人进来我家时，我家是如此的漆黑，就连伸出手放在面前也一样什么都看不见！”

“这倒是千真万确，你真的很阴暗，简直到了令人害怕的程度！”

“所以你很清楚其实你是有点害怕的吧！”

“你说得没错！就是因为这样我才不想进去。”

“但你如果是这样想的话就错了，因为在出口、在另一边是有光的，而且是很亮的光！”

“有光？可是我从来没有画过那个光啊！”

“是这么说没错，但你要知道，在这段时间之中，我成长了。”

“你成长了?”

“对啊,我就这样自己成长了,而且我把自己塑造成这个世界上最美丽的模样!”

“‘黑暗’,这个世界是哪个世界?我想要知道!”

“不行,约瑟,从现在起我不会再告诉你任何事了。你自己决定,看我值不值得你来找我!”

“好吧,那我就进来看看!不过,要是你想捉弄我,我会要你付出代价喔。我会用白色的颜料涂在你身上,把你永远消灭掉,到时候你就会后悔骗了我!”

“好啊,我愿意冒这个险!来吧……过来吧!”

“那我就冲进来了!哇!真的是什么都看不见呢!”

“前进吧,别害怕!”

“嘿!隧道,你家有回音呢!”

“来吧,继续走啊,约瑟,继续走!”

"呃……（他声音颤抖）这里一点也不暖和！隧道？嘿！这一点也不好玩！快点回答我！我好害怕！"

突然间，一阵强风在他背后吹起，把他向前推去。约瑟发现自己的身体离开了地面，他已经不再是行走在地面上了，他在飞，已经没办法回头了。约瑟被推向前去，他的心脏狂跳。在很远的地方，他瞥见一丝亮光，那光线变得越来越鲜明、越来越耀眼、越来越令人目眩。

"所以'黑暗'并没有说谎！就在不远的那端，确实有别的东西存在！"

约瑟握紧双拳，想给自己一些勇气。现在一切进行得如此快速，这道光让他眼花缭乱，而他正无可避免慢慢朝着光源接近。他再也无法控制任何事，他想要尖叫，不过却已经太迟。

"我现在在哪里啊？这是什么光？这里的一切都如此平静又如此强大！而且我正在飞，我在天空中翱翔！有人听见我说话吗？嘿！这里有一颗星星耶！您好啊，星星夫人！”

“你好啊，孩子。欢迎你来。”

“谢谢！可以请您告诉我，我现在在什么地方吗？”

“孩子，关于这一点，应该是由你来告诉我。这里是个‘无所不在’的世界！”

“无所不在？我不懂。”

“没什么要懂的！你想去哪里都随你自由，而我就像是接待小姐一样。”

“接待小姐？”

“对啊，身为银河的第一位居民，我负责接待像你这种新来的小朋友，忘了向你自我介绍，我的名字叫做罗莎莉。”

“罗莎莉夫人，请问，您是说这里还有别人吗？”

“当然啦，孩子，你在这里可以找到所有的人！好了，我得请你体谅我，我有点累了，要熄灭了，回

头见……”

“晚安，罗莎莉夫人。”

“小姐，孩子啊，叫我小姐就可以了。”星星在熄灭之前喃喃地说。

回过神来，约瑟不敢相信自己的眼睛。“这里的一切怎么都那么巨大啊！更高的地方有另一颗星星！然后还有另一颗！我应该不是在做梦吧？挂在那边的不会是月亮吧！”

他飞舞着，自顾自地绕着圈圈玩耍，然后朝群星中间冲去。

约瑟瞥见一位老先生坐在长椅上，他正在看书。

“您好啊！我认识您！您是搭火车在摩瓦希和芒通之间旅行的那位先生。”

“是有这个可能，孩子。很有可能。”

“您不再咳嗽了？”

“啊，再也不会咳了！不再咳嗽对我来说是一件真正的乐事啊。”

“那么您在这里读什么呢?”

“啊，这是一部关于人类历史的著作。我啊，我很喜欢学东西!”

“请问您可以为我指路吗?”

“为你指路? 指什么路呢? 孩子,你想要去哪里?”

“我也不知道，我来到这个地方其实是有点出于偶然!”

“喔，那你知道吗，每个人来到这个地方都是有点出于偶然。但之后你想要做些什么就看你自己了。其实在这里要觉得无聊也是挺不容易的。”

“那您睡在哪里呢?”

“我吗? 我已经有很久都不睡觉了。”

“您知道吗,有时候我觉得自己好像正在做梦。”

“做梦? 这是多么有趣的想法啊! 无论如何，这么想又有什么关系! 在这个地方百无禁忌，什么都有可能! 喔! 天啊! 单峰骆驼奥斯卡竟然出现了! 你好啊,奥斯卡!”

“嗨！这里有个新来的人，我以前从来没见过你呢。欢迎啊，孩子！如果我有可以帮你的事情，你不用犹豫，尽管提出来，因为我很喜欢帮助别人。”

“您好，奥斯卡先生，谢谢您的好意。说真的，我也才刚刚来到这里，有点迷路了，这里的一切都是那么巨大！”

“我想那是因为你还不认识这里！来吧，骑到我背上，我带你去参观一下这个地区！”

约瑟跟老先生道别，再次告诉他说，他很高兴他已经不再咳嗽，然后就爬上了奥斯卡的背。

“孩子，你坐好了吗？你要抓好我的驼峰，我们出发！”

奥斯卡载着他的新朋友前进，约瑟眼前的景致皆展露无遗。

“孩子，怎么样，一切都还好吧？”奥斯卡问他。

“一切都好，这是我这辈子最美好的一天了！”

“喏，你看到左上方那儿那颗有二十四道锋芒的

星星了吗?”

“看到了,”约瑟说,“看起来好像一只章鱼喔!”

“章鱼?才不是呢,孩子,那是一家旅馆!”

“一家旅馆?”

“没错,那是旅馆!大家都称它为‘美星旅馆’!它总共有二十四张床可供人休息!孩子,你口渴吗?”

“有一点。”

“我也是!来,我们去罗杰的咖啡店绕一圈吧!那是一只大象开的酒吧兼餐厅,就在距离这里十分钟的地方。”

在途中,约瑟瞥见远处有一匹马儿。

“但是那是‘天使’啊!喂!‘天使’!糟糕,它不见了!”

“你认识天使?”

“对啊,它是我的朋友。”约瑟骄傲地回答。

“了不起的天使,”奥斯卡接着说,“这家伙总是

在跑步，它从不停下来！”

“我知道，”约瑟说，“这我知道……”

他们抵达罗杰的店，咖啡馆里有好多人，点唱机播放着时下的流行歌曲。约瑟观看着罗杰先生在吧台后面工作。

“孩子，你想喝点什么？”奥斯卡说，“这里的特制饮料是沙瓦鸡尾酒！”

“您点什么我就喝什么。”约瑟回答。

“罗杰，”单峰骆驼喊道，“给这孩子和我弄两杯沙瓦！你喝了就知道，这东西非常好喝，而且一下子就可以让你恢复体力，不管你是人类还是一只单峰骆驼！不过千万别问我里头有什么，我没办法回答你。但它真的很美味，你马上就会知道！”

靠着那只长鼻子，罗杰无所不在；它忽左忽右的，以伪装不来的好心情招呼一位又一位的客人。

“两杯沙瓦！马上来！”大象喊道。

而它的确说到做到！鸡尾酒马上出现在他们眼前的吧台上。

“嗯，真是好喝！”约瑟喝了一小口。

“我不是跟你说了吗，”奥斯卡回答，随后便把店老板调的特制饮品一饮而尽，“我很喜欢来这里，这里的气氛一直很好！我现在要跟几个朋友打招呼！待会儿见，小子！”

奥斯卡离开座位。没等多久，约瑟也离开了他的座位，因为他想要到处看看。

他瞥见小酒馆的最深处有一台电视机，约瑟朝那里走去，一部年代久远的西部片抓住了一票客人的注意力，约瑟到的时候正在上演最后的酒吧大对决。在第四声枪响的时候，坐在屋子最后面的他忍不住把目光从电视机转开。

这时候，他简直不敢相信自己的眼睛：他的母亲坐在那里，舒舒服服地坐在窗边，一脸被那些牛仔的廉价枪声深深迷住的模样。震惊不已的约瑟站起

身来，朝她走去。

“妈妈！”

艾莲娜转过头看到她的儿子，她立刻跳起来把他紧紧抱在怀里。

“约瑟，我的小宝贝，你在这里！你来看我了！”

艾莲娜在她儿子身上印满了吻，他抓住他母亲不再颤抖的双手。

“喔，妈妈，我实在很高兴能见到你！我就知道，你到天上去了！我就知道！”

“我的心肝宝贝！我的最爱！我也一样很高兴啊！”

“妈妈，你知道吗，我现在可以留下来永远跟你在一起了！”

“不行，约瑟。你不可以这么做！你必须要离开！不可以留在这里，你的人生应该在别的地方！”

“为什么？妈妈，告诉我为什么？”

“这是我无法跟你解释的事情，我的心肝宝贝。

但有一点我可以对你发誓，那就是：有一天我们一定可以在一起，再也不分开！但现在还太早了，你必须继续活下去。知道吗，约瑟，你必须继续活下去！”

“约瑟？你该醒来了，孩子，时候到了！”

约瑟睁开眼睛，看到克莱尔·托雷斯的微笑。时间是早上九点钟。

亲爱的克莱尔：

我写这封信是要告诉你，我一切都好。我又重新去上学了，而且我阿姨很高兴，因为我的功课不错。你知道吗，我算了一下，我出院到今天刚好整整两个月。阿姨答应我下次去尼斯的时候会带我去，这样我就可以来看你了。我希望你过得很好。你知道吗，关于我母亲的事，我现在已经知道她没有真的打电话来，因为人一旦死了就什么都不能做了，我很确定，是这样没错。不过就算费达勒先生那样跟我说也没关系，也许他弄错人了。你知道吗，我在学校里交了一个新朋友，我很喜欢他，他的名字叫塞巴斯坦。他有时候会来我们家，然后我们会和安托万跟朱利安一起玩桌上足球台。你还记得吗，在医院的时候，我应该跟你讲过我以前交的朋友。在我回去之后，我一次都没再跟它们说过话，因为我再也没兴趣这么做了。我现在知道，我应该要多跟妈妈说话，而不是跟它们说话。有时候，在我想到妈妈时还是会觉得难过。我想你知道，我其实很爱我妈妈。但我却从来没有告诉过她这件事。而且，我甚至不知道我为什么没告诉她。嗯……好吧，其实我知道为什么，但那是因为以前我并不知道我有多爱她。所以，我希望等到我也死掉的时候可以跟她重逢，然后告诉她我有多爱她。虽然我现在还是不知道她到底在哪里，但我觉得在我们死掉以后，也许会有点像是“无所不在”吧。先写到这里，我现在要去上学了，请代我跟医院里的所有人问好，希望我们可以很快见面。

约瑟